KB253024

지금은

같이 하고 있을 뿐

이종덕 시집

새미

차례

책머리에

첫 시집(2009년 12월)「풍경속의 詩와 산문」을 펴낸 후 3년에 가까운 세월이 흐르는 동안 내 가슴속 깊은 곳에서 새롭게 생성되는 것들을 한 땀 한 땀 기록하여 두 번째 시집「제목삽입」을 출간하면서 지난 세월을 뒤돌아봅니다.

어느 덧 고희古稀의 중턱을 넘어선 필자는 지금 이승과 저승의 사이 그 무형의 길 위에 펼쳐져 있는 삶과 죽음의 무대 위에서 소곤대는 소리를 차라리 정겹게 들으면서 詩의 철학에 눈뜨는 나를 발견하게 된 것에 이번 두 번째 시집 출간의 의미를 두고 싶다. 그러나 독자들로 하여금 일별할 가치조차 없는 시집으로 인식될까봐 두려움이 앞서 절로 고개를 숙이지 않을 수 없습니다.

릴케가 "젊어서 쓴 시는 무의미하다. 다만 평생을 갈무리 할 무렵 노년기에 쓰는 몇 줄의 詩가 독자들로부터 감동을 받을 수 있다."고 했듯이, 시는 삶의 깊이와 문장의 향기가 깃들어 있어야만 독자들에게 감흥을 줄 수 있고, 또 한 권의 시집에 독자에게 감동을 주는 한 편의 시라도 기록되어 있다면, 시인이 두려운 마음으로 시를 쓰고 탈고하는 보람이 있으리라 감히 적어봅니다.

이제 농익은 가을 뒤엔 추위가 슬금슬금 다가와 목덜미를 시리게 할 터인데, 자연의 이치에 따라 내린 오늘 아침의 가을비가 젊었던 시절을 떠오르게 합니다. 그 시절의 꿈속을 거닐어 보고픔은 아직 철이 덜 든 까닭일까요? 물끄러미 천상

수를 바라보며 한량없이 침전해가는 가을비 속으로…… 머지않아 흰 눈은 온 지상의 경계를 지워버리겠지요.

이번 시집 속에 있는 시적 상상력의 태반을 가득 채울 수 있게 해준 한국 미술계의 중진화가 김배히 화백의 그 화보 작품으로 시상을 엮어갈 수 있었던 영광에 숙연한 마음으로 감사드립니다.

그리고 이번 시집을 새미(국학자료원)출판사에서 출간할 수 있게 도와주신 경희대 김종회 교수님께 높고 깊은 감사의 마음을 전합니다.

2012.10. **시인 이종덕**

내 앞에 있는 사람들

저마다 저만 안 죽는다는 얼굴들일세.

—바쇼

추경 1992, 60.6×72.7cm Oil on Canvas

은행골 장현리의 추경

보아라
세월의 불볕에 황금빛 되어
바라보는 이의 눈맛을 감흥케 하는
노오란 은행으로 잎으로

신새벽
은하물에 씻은 듯 온 동리에
아침 햇살 받은 저 대자연의 풍경은
가을 하늘만이 끌고 내려온 신의 축제다

장현리
오서산의 정기 받아 지기가 상승하는 마을
그리고 조상의 영혼이 산 자와 교감하는
하늘이 점지해주신 조화로운 삶터

어려운 철학

소망을 갈무리한

허허로운 들녘을 밟고 가는

차가운 늦가을 하늘 아래

싸립문 옆 돌담에

제 그림자 등에 업고 기대어

먼발치로도 오가는 사람 없는데

허공에 고추잠자리 날랜 몸짓을 바라서서

옥수수 알갱이를 연신 입에 뜯어 넣은

저 표정, 무표정의 하릴없는 노인이여

이마에는 세월 지나간 헝클어진 발자국

지난 당신 그 젊은 봄날이면

지평선을 넘는 황홀한 노을도 본체만체

검게 그을린 황소 같은 팔다리로

입에 문 담뱃불이 입술을 익히는 것도 모르고

바쁘게는 바쁘게도 논두렁 밭두렁

고향의 심장을 가꾸던

그리고 밤이면 밤마다

안방 암여우 울음소리 그칠 날 없었던
당신의 그런 활기찬 젊음을 본적이 있지요

어느 듯 이 시인도 칠십에 고령의 몸
남의 일 같지 않아 괜히 사무치어 초연해지는데
가는 세월은 잡을 수도 인정도 없다 하시던
옛 아버님 그 말씀
늘 듣는 잔소리로 들었는데 이제
이 나이에 철들어 새삼 새로워진 그 말씀
쉬운 말씀이 뜻 깊은 어려운 철학이었네

소낙비

알몸으로
대자연의 풍경을 담아
떨어지는 빗방울

후박나무 가지에 달라붙은
파리한 청개구리
후드득 후드득 빗방울소리
음감의 시간 위에 저기 저렇게
만유 속 그 푸르른 울음도 멈췄는데

방울져 떨어지는 빗방울 소리가
돌아올 리 없는 옛님 발자국소리 같아
자연의 심장에 귀 귀울여 보아도
심한 허기에
몽환적인 그리움만
실없이 쌓여
텅 비어 무한 공간 속으로
빗물에 씻겨 흘러흘러 아득하여라

용문사 은행나무

아! 우람하시다
그 풍채 당당하시고
미모 또한 수려하시다

세속에 조용히 참전하시며
스님 예불소리 터득하시어
예스럽기 한량없으시고

천년 세월을 넘어 우뚝 스셨으니
정녕 빛나는 것은 밤하늘
별빛만이 아닌 당신이시옵니다

용궁은 어딘가예!

텅 빈 하늘
차가운 겨울바다
햇살 머금어 더욱 해맑은
모래 톱날 위를
아득한 우주 끝까지 거닐어 보라

종일
바다 물 위로 떨어지는
하얀 햇살 알갱이
그것들을 주우려는
젊은 연인들
보이지 않는 바람
나부끼는 머리카락
여전히 겨울바다 파도소리는 차갑다.

내 사랑하는 여인이여
그대는 내 사랑보다
더 큰 사랑으로

내 안에 자리한

멈추지 않는 파도

나는 언제나

은로銀露를 머금은 저 바다이고 싶고

당신은 그 위를 유락遊樂하는 파도이어라

오!

주님께 여쭙니다

용궁은 어딘가예!

갠지스 강의 아침

저 깊어 그윽하고
숨이 멎을 듯한
신의 초월성을 넘어
영원 뒤에까지도 존재할
수평 위의 밝은 미소

펄쩍 뛰어들어도
받아줄 것 같은
천년을 빛보라처 온 어머니의 젖가슴
원초적인 영혼이 깃든 풍경 앞에
음객도 시야의 경이로움에 할말을 잃어
문명의 흔적지 위에
투명한 미소로만 답할 뿐

오늘도 피로를 편히 뉘일
여유가 없는 저 사공은
비단 휘장인 듯한
강물을 연신 뒤로 밀치며

평생 살아온 삶이

풍성한 넓은 바다가 아닌 강이어서

오늘도 멈출 수 없음을 사공이 모를 리 없다

새벽 2시에 내리는 눈

자정 넘어 새벽 2시
어둠을 밝히는
하얀 수은등 위로
쉼 없이 날리는
마지막 염원의 하얀 눈꽃 가르는
천상 요정들의 축제입니다

불빛마저 오롯이
삭풍에 찢기는데
고요 속 호젓하게 순백으로
온 세상을 포근히 덧씌운 위를 걷는
사랑하는 연인들의 발자취는
무성의 침묵이며 철학이옵니다

나는 이 밤
서재에 앉아 통유리 맑은 창밖으로
요정들의 축제와
그 무성의 침묵과

철학을 보고 있습니다

하나님도 헷갈릴 이 밤

별처럼 촘촘한 십자가들과 함께

천년의 어둠길로

이쯤해서
내 가는 길 묻지 마라

자연에 취하고
사랑에 취하고
인간 세상에 휩쓸리다 보니
그만 내 생의 황홀에 취해
진작이 떠났어야 할 기회를 놓쳤다

메아리도 없는 가슴을 치고
목청을 곧추세워 본들
시방 시인의 나이 칠십이 넘었습니다

지금은 하늘만 같이 하고 있을 뿐
구름마저 바쁘다 바쁘다 비켜가고
하루종일
핸드폰의 벨소리도 울리지 않는다

이제 켜켜이 쌓인 사무친 기억들
짙어가는 노을을 비켜 어둠에 젖은 빗속으로
극락의 미로길 따라
천년 무형의 빛 어둠 속으로

마사이 라마의 초원에서

하늘을 만져본
사람이 있습니까

별을 따다 님에게 주어본
사람이 있습니까

달밤에 구름을 타고 은하를 건너본
사람이 있습니까

인생의 일생은 꿈을 이루지 못한 채

눈에 보이지 않는
공기를 마시며

보일 듯 보이지 않는
아득한 먼 길을 향해

등 뒤에 따라붙는 그림자도 없는
어둠, 어둠 속으로……

초원 1995, 72.7×91cm Oil on Canvas

상여는 간다

걸어서는 길이 없어 닿을 수 없는 곳이
무덤입니다

안녕! 새로운 존재의 흔적이여
무덤입니다

다 비우고 헛바람 빼고
살아온 삶의 성적표를 내려놓고
꽃송이도 화사한 꽃상여 위에
휘날리는 깃발 의문의 만장을 앞세우고
곡륭산지 휘휘한 길 적막 속으로
방성통곡 들릴 리 없는 구천을 향해
만가의 애애한 울림 속으로
허공을 나르는 서리까마귀 떼 안내 받으며
영혼을 적셔주는 꽃상여 위에 언쳐
엄정함으로 한 생을 여미는 것이다

따알랑 딸랑 상여는 간다

나도 갈길
앞서 상여는 간다

목련꽃

앙상한 나뭇가지들은
정녕 고요한데

가지마다 몽올진 꽃망울은
장삼자락 치켜올리듯
속살 확 피어올린 햇봄
하얀 눈발 맞으면서도
해맑은 미소만 지우는 목련꽃

석상처럼 허공을 응시할 뿐
무성의 빈 몸이 온데

아! 또 한 세월 지나가는 시간이여!
세월 따라 그 뒷길로
쉼 없이 찾아오는 나의 늙음이여

나는 지금 다시 뒤돌아올 수 없는
목련꽃 핀 마을 지나

목련 2007, 72.7×91cm Oil on Canvas

KTX보다 더 빠른

세월의 고속도로를 달린다

그리움 저편 사랑의 추억

당신은 모르실 겁니다
당신 떠나간 뒤
천근의 무게로 면면히 남겨진
당신과의 알알했던 사랑

계절 바뀐 五月의 청정한 숲
광휘 속 어느 것 하나
속삭이지 않음 없는데
초록 잔디 위를 스치는 소슬바람은
왜 내 피골 깊이 스며드는가

찢어진 비닐조각처럼
지상의 인연 다해
그리움 저편으로 사위어간 당신

측은히 생각을 늘어뜨린 채
나는 왜 오늘도
생의 앞뜰만 내려다보는가

뜰 1994, 72.7×91cm Oil on Canvas

그곳은 입구가 아닌 출구다

그녀 옆에
멈춤을 멈추지 말라
풍성한 섬모 속
그 깊은 미로에는
시인을 유혹하려는
상상의 쾌감이
유영하는 곳

입구가 아니
출구에서
머리 터지게 고뇌하지 마라

삶과 죽음의
이정표는
붉은 신호등이다

누드 2000, 45.5×53cm Oil on Canvas

풍경이 현실이라면

풍경이 현실이라면
좆 대가리 실한 화가의
너울대는 욕정
눈치 없는 염치

생과 사의
경계를 초월하여
허기진 하이네의 포효로
쌍봉우리에 올라
음사淫事의 비밀한 순간
교성에 취하고 품이여

누드 1993, 91×65.2cm Oil on Canvas

하늘은 안다하네

바위 틈
옹달샘처럼
맑고 싱그러운
여인 중에 여인
J.S여!

사위어간
한 세기
접혀진 세월

나 시인으로
광염의 뜨거운 영혼으로
그대 향해 눈씨 되어
하늘바라기가 되었음은

시방도 심령 내면
비밀한 의미가
면면히 자라고 있음을
하늘은 안다하네

독서 1993, 72.7×91cm Oil on Canvas

누드 1

신은 여자를 탄생시켰고
그 위에 누드라는 옷을 입혀
아득한 우주 속
숲 깊은 궁륭에는
의미 있는 비밀을 담아 놓았다

속된 욕심이 없어야만
가까이 좀 더 가까이
다가설 수 있는 그래서
소중한 곳은 언제나 저렇듯
뜨겁고 뜨겁게 젖어오는
깊고 깊은 정념

삶은 때때로
상상 속을 허우적거리며 사는 것

누드 1996, 72.7×53cm Oil on Canvas

누드 2

나 차마
바라보기조차 아득한데
욕망의 물이 흐르는 깊은 계곡
뿌옇게 열린 우주 안으로
눈빛 깊이깊이 가라앉는다

신만이 빚어놓을 수 있다는
숲벌판 궁둥산 골짜기
배바위골 아래 깊은 숲 속에는
한 줄기 햇살마저도 침범치 못한

청정의 옹달샘이
어찌 어찌 뜨거운지
국민의 안정을 위해
국가가 관리 한다지
아마

누드 1992, 72.7×91cm Oil on Canvas

폭포

고요의 밀림 속
부서진 햇살 사이사이 헤집고
굽이를 돌며 끊기다 흘러와
아뿔싸
허공을 헛짚어
천길 낭떠러지로 곤두박질치는
저 비명 속 공기의 파문이여

폭포의 저 장엄한 선율은
자신의 정열과 결백일 뿐
다시는 뒤돌아 솟구치지 못하는
허탈한 비명 속 빈 중심이여
하지만 천년을 물보라 칠 빛기둥이어라

순간 넋을 잃고 바라서는 발끝에
살며시 스미는 너의 영혼이 차갑다

은선폭포 1987, 45.5×45.5cm Oil on Canvas

휴선

고요하여라

이윽고 찰나 시간이 멈춘 바다

신화적 무한한 수평선

훼방하며 끼룩끼룩 날아든 갈매기들

가득히 수면 아래

잠재우신 하느님이시여

오늘도 무심히 떠난 그대 그리며

출어를 멈춘 채

내색하지 못하는

젖은 기억들만 추억하며

당신을 그리는 정직함으로 자지러집니다

휴선 1988, 65.2×91cm Oil on Canvas

살떨림의 황홀

간밤의

그 서툰 몸짓 살비빔

살떨림의 황홀을

내 흔쾌히 용납한 적은 없어도

거절하고 싶지 않았음은

불혹의 이 나이 환장할 외로움에

천둥소리 소낙비로 해풍으로 덮쳐올 때

미칠 듯이 미친 줄도 모르게

넘쳐오는 저 너머

끼르룩끼르룩 밤기러기 울음소리

사랑이여!

삶의 외로움 모두 끌어안고

천지의 무한 속삭임 속으로

한 없이 은하의 강으로 접어들던

어찌 아니아니 이 고요 속 천지의 흔들림을

번뇌가 사라진 영혼의

아늑한 숙소라 말하지 않을 수 있으랴

누드 1993, 31.8×41cm Oil on Canvas

관세음보살

출근하는 등 뒤에서
아내는 등을 어루더듬으며
처지고 굽은 어깨가
애처롭고 사랑스러워 마음속으로
중얼 중얼……

그래 그렇게 보일 수밖에
젊음을 멈추게 할 묘약이 있는가
신발을 쬐고 있으려니 또
밑줄 없이 던지는 뼈 삭은 말 한 마디
굽고 처진 것이 어깨뿐이 아니잖아요

천고의 뇌정벽력 속에
이 비정한 자존심의 화살
절망을 밟고 넘어오는 굴욕
혼명 속에 오열을 씹으며

나무관세음보살

배꽃

소소리 바람결에

오롯이 고개 올려

그 누구하나 호명치 않았어도

고결한 자태로 때를 만나

영생을 향한 전원에 꽃불 피었는데

침우 속 부동의 몸으로 서 있는 노시인은

하늘 향해 숨죽여 고요를 마시며

꽃바람 꽃내음과 대화를 나눌 뿐

아무도 의식해주는 사람 없는 이 외로움

저기 저 종다리 울음울음의 파장에

몽올몽올 몽올져 속살 터뜨린 배꽃

아! 순결한 대자연의 연가여

이 들판 저 산하 꽃물결 여울물 같아

천지를 뚜렷이 비취는 명경 되어

활활 불타오르는 교향시여라

한 없이 아득함이여!

속세의 번뇌에서 벗어나
청결한 알몸 되어
허공을 응시하는 그대는
말라비틀어진
옛
추억이라도 반추해 보시는지요

잠시 잠깐이라도
고개를 이쪽으로 돌려 보시구려
나 역시 해탈에서 벗어나지 못한
한없이 외로운 화가인데

더 가까이 다가가
깊이깊이 스며들 수 없어
나 그대밖에 홀로이 서서
뒷모습 그 모습
환장할 풍만 교교함에
눈길을 거두지 못하는
한없이 아득함이여

누드 1993, 53×45.5cm Oil on Canvas

무표정

천근의 무게로
짓눌려 오는 정적
단면에 비치는 저 자태는
나의 애증의 상이다

내 안에 머물다 떠난
그대 사랑에
깊이깊이
못 박지 못한 속울음

깊어만 가는 외로움
잔영을 삼키지 못하는 입술은
질곡에서 벗어나지 못하는
끝간 모멸 뒤의 무표정이어라

소녀 1991, 41×31.8cm Oil on Canvas

갈대

길섶에도 산맥따라 여울가에도

뿌린 이 없어

돌보는 이 있을 리 없는

질펀한 여울가

자연의 나래 위에 서로를 응시하며

맑디맑은 수정방울 같은 물보라로

대지를 휘감는

꽃보라치는 저 장관을 보라

기댈 곳 없어 의지한 바 없고

곧고 순결하게

깊어가는 계절의 영혼을 닮아

일렁이는 바람에도 끄떡하지 않는

저렇듯 네 순정의 매력에 취해

내 영혼도

한 순간 흥건하게 젖어 드는데

갈대 숲 속에 숨어 우짖는

갈대 2009, 91×91cm Oil on Canvas

가마우지

물새 울음은 또 무슨 뜻이겠느냐

갯벌 조개 캐는 여인들

저 속 깊이를 알 수 없는 바다
물안개에 안긴 포구가 을씨년스럽다
너와 나의 영역이 따로 없는 갯벌
늘상 너그럽게 삶의 터전을 열어주어
마음의 풍요를 다복다복 채워주는 곳
평생 어둠 속만 건넜던 삶
어찌 물보라로 꽃사래쳐 맞이하지 않겠느냐

갯바람에 파인 나의 주름살은
허기를 채워준 삶의 내력
이 갯벌 위에서 무슨 공을 다투랴

예전처럼 엉덩이 토실한 갯벌처녀들은
수컷 내음 따라 도회로 떠난 지 오래
오늘도 선착장에 허기를 채우지 못한 목선만이
갯벌에 세월의 퇴척을 묻으며
갯벌 속 우주의 비밀한 자궁 속에
생의 피로를 내려놓으리라

갯뻘(조개 캐는 여인들) 1990, 45.5×53cm Oil on Canvas

첫사랑 떠난 빈자리

그대 떠난 빈자리

텅 비어 허허한 심연

우수에 젖은 시린 눈

찢긴 가슴 신열로 굳어버린 입술

직립의 삶에서 헤어나지 못함인데

순간의 적막을 가르는 저 소리는

귀뚜리 울음인가 찌르라기 소리인가

알알이 뿌리 깊은 사랑하나

오롯이 경작하지 못한 아쉬움

무한 깊이의 어둠 속으로 숨어버린

당신의 그 뒷길로 길 찾아 나섬에

늘상 닿을 수 없음을 내 모를 리 없건만

내 안에 내밀히 자리 튼 당신이었기에

첫사랑 떠난 빈자리

바라보는 가슴은 너무 힘겹습니다

그래서 사랑은 닿지 않는 뜬구름

머물지 않는 바람이라 하지 않던가

여인 1995, 91×72.7cm Oil on Canvas

벚꽃 세월을 세월합니다

나무 한 그루, 돌맹이 하나, 풀 한포기, 하늘과 산하 자연 그대로 어느 것 하나 정겹지 않음 없으며 저 싯계곡 능선에 철따라 피고지는 들꽃을 벗하며 삶을 살아 왔습니다.

나무와 땅 그리고 물과 물고기는 서로 분리되어 살 수 없듯이…… 비옥한 대지 위에 서로 엉키며 살며 주어진 만큼의 땅바닥에 씨를 뿌려 가꾸며 노력한 만큼의 열매를 걷으려는 소박함으로 욕심없이 살아온 세월이었습니다.

이제 칠십이 넘은 고령의 몸으로 시리도록 맑게 피어올라 하늘 떠받친 벚꽃 아래 햇살로 빚은 벚꽃 향기 마시며 성찰의 시간 위에 고개 들어 먼 산을 바라보니 백설로 고깔 쓴 듯 산봉우리며 선잠깬 들판엔 봄비 꽃비 촉촉이 머금은 계절의 첫머리엔 어느 듯 봄은 또 가까이 다가와 발 아래 있지 않은가.

이제 칠순이 넘어 저승으로 가는 길목에 삶과 죽음의 대결 속에 안간힘을 다해보지만, 세월이 도마뱀의 꼬리처럼 다시 자라날 수 있다면, 인생의 삶도 다시 되돌릴 수만 있다면, 이토록 절망 속에 마치 장총 끝에 꽂아놓은 대검의 칼날이 내 가슴을 찌르려는 듯이 엄습해 오는 것 같은 불안도 없을텐데…….

벚꽃 2003, 45.5×53cm Oil on Canvas

마을 들머리 고목된 정자나무
누가 한줌의 향을 피워줄 것인가!

개울가 험준한 언덕에 뿌리내려 수백 년 세월을 자연의 질서 위에 부동의 몸으로 현현히 자리매김하며 자랐습니다. 계절 따라 눈비바람 맞으며 때로는 허무를 개울물에 담그며 권태와 욕정, 욕설과 연민 속에 무언의 독백을 씹어삼키며 세월 묵은 대자연의 농축된 체온으로 푸르름 풍성하게 가슴과 가슴으로만 흐르는 여울물에 햇살 담아마시며 살았습니다.

시방은 비록 초라하고 외롭고 고적하게 슬픈 미망인의 가슴처럼 까만 가슴 되었으나 여적지 우주의 신비를 담아 계절 따라 농악으로 풍악으로 무용으로 흥겨워 할 때 내 허리를 부둥켜 안고 소망을 기원하며 초롱한 별들과 대화를 하고 또 누군가는 내 가슴을 쥐어박으며 술병을 입에 쏟아 부으며 목젖이 찢어져라 삶의 허무를 외치던 그 많은 나날의 사람들…….

이제는 밀린 계절의 뒷전에서 살아온 세월을 황황해하며 고사목 되어 삭정이 된 살점 뚝뚝 찢겨나가는 아픔을 견디며 오롯이 계절의 퇴적을 묻고 표표히 큰 풍채로 풍경 그 자체의 위엄으로 마을로 들어오는 잡귀를 막아주며 폭설 위에 알몸 되어 지나온 세월을 응시합니다.

그토록 흐르고도 아직도 스쳐가야 할 먼 훗날 달랑 매달린 잎새 하나

마저 떨어지기 전 수백 년의 영혼을 달래주며 그 누가 한 줌의 향을 피
워줄 것인가? 만약 만약에 그리하는 이 있다면 내 살아온 세월만큼의 세
월을 그대의 가정에 행운을 주며 액막이 되어 보살피리다.

詩人이여! 홀연히

어쩔 수 없지 않느냐

오늘도 하루해 끝자락에 서서

세월 머금은 고개 꺾인 해바라기를 바라보며

그 해바라기 대 닮은 두 다리로 하늘 한 짐 이고지고

고즈넉이 먼 데 산을 바라보는 노인이여!

저 눈부신 햇살 투명한 하늘 아래 순간

논두렁을 가로질러 고요의 파문을 일으키는

포동한 장끼 한 마리 푸드득 나는 순간

입맛을 쩝쩝 다서 보지만 속만 메스꺼울 뿐

내 신심 벼랑 끝에 걸쳐 있는 것만 같은 허허로움

순간 하늘땅은 왜 이리도 흔들리는지

살아온 삶의 무게가 어둠의 공포로 다가오고

후일 산골짝에 한 무더기 흔적으로만 남아있을 뿐

저기 좀 봐!

순간 감나무 잎은 왜

저리도 우수수 떨어지는지

마치 계절도 내 영혼을 흔드는 것만 같아

이제 내 생에 무엇을 더 바라볼 수 있으랴

"

끝내는 평생을 같이 했던 그림자도 따라와 주지 않는
휘휘 한 길 따라 시방 창공에 까마귀 까오옥 까오옥
북녘 하늘 가르는 의미는 무엇이겠느냐
詩人이여! 오! 홀연히!

알알했던 추억

당신은 모르실 겁니다
당신 떠나간 뒤
천근의 무게로
면면히 남겨진
당신과의 알알했던
사랑 뒤의 슬픔을

계절은 또 바뀌어
청정한 하늘이고
이렇게 봄이 와
이 고요의 잔디 위엔
언뜻 스치는 바람결에도
광휘 속 어느 것 하나
속삭이지 않은 것이 없는데

측은히 생각의 나래를 늘어뜨린 채
나는 왜
생의 앞뜰만 내려다보고 있는가

뜰 1994, 72.7×91cm Oil on Canvas

폭설을 분양합니다

빗살무늬 드리운 아침햇살
비단결보다 고은 폭설입니다

설광 위를 나르는 저 까마귀의 날갯짓
시방은 가진 자와 갖지 못한 자 모두에게 평등입니다
하루종일 땅에 허리 굽혀 헤젓던 햇님의 손길
딸딸거리는 녹슨 경운기
손때 묻은 낫자루와 호미
물길 잡든 가래와 삽자루
모두 모아 아래 헛간 시렁에 걸어놓으십시오

하마 제풀에 놀래며 바쁘게 바쁘게 허공을 나는
저 들비둘기들의 박수갈채 같은 깃 치는 소리 들으며
시리도록 푸르디푸른 청명한 하늘 아래
지평의 설원으로 모두 모이십시오

언덕 위에서 조감을 의식하며
이 시인의 지혜와 능력으로 경계가 무용해진
지평 위 폭설만 무상으로 분양합니다

눈오는 날 2003, 45.5×53cm Oil on Canvas

거 무슨 도회 큰 손 아줌씨들의 APT 분양권만

호사이든가

저 끝자락 삿갓배미는 농민 공동의 덤으로 드리고요

그리고 나는 순백의 영혼 속에 속내를 삼키며

히죽 히죽 뒷걸음쳐 차마는 말 못하고 괜한

헛기침에 조급해 하며 먼 길 떠나야 하는 나의 우견에

떠나지 않을 수 없는 이유를 다그쳐 물어 무엇하리까

흐르는 세월의 아픔이여!

그러하리라 그 많은 세월을 가난과 고통과

억압 속에 두려움과 분노로 살아온 과거의 세월 속에서

허전한 가슴의 틈새와 틈새를 스스로 채우며

그리고 다스리며 후일 영혼만이라도 꽃길 위에

찬란한 햇살 받으며 굴절된 생의 지친 몸을 내 스스로의

성찰의 공간에서 지나온 일상을 조망하며 참되게 사는

것이 무엇인가를 아니 남은 생을 어떻게 살아야 하는지를

혹독하게 냉철히 파헤쳐 보고픈 순간이기도 합니다

그래서 인생이란 다시 만들어지는 과정, 즉 불확실한

가정의 집합체라고 말했던 헤르만 헤세의 명언이

생각키워집니다.

이제는 저승의 명부에 입적하라는 스치는 바람결의

밀려오는 소식에 부질없는 노욕을 버렸으며

건너야 할 피안은 아득하여 먼 하늘 바라보며

익어도 고개 숙이지 못하는 보리처럼 정묵할 뿐

무거운 시간은 점점 가까이 다가와 한없이 울가망함이여……

관악산에서 바라본 한강

말없이 흐르는 한강
유유히 흐르듯 흘러가는 유람선
달빛 별빛만 헤아리는 한강
수도의 심장을 가로지르는 한강
그토록 사랑하던 나의 여인아
그대는 지금 어디쯤 흘러가는가

정다운 동문들만 오르는 관악산
서로의 가슴과 가슴을 하나로 포개어
하늘 높이 동지애 밀어 올리는
쉼 없이 함께 오르고 또 올라가야 한다고
자연의 교향시를 따라 아직은 젊은 우리들
메아리 칠 지어다 천공과 땅이 울리도록

합격을 기원하는 모정

잔설에 차가운 빙결
달빛에 별빛 꿰여
목에 길게 건 염주

무겁고 두텁게 드리워진
적막을 등에 업고
언 삭신 다소곳이
모은 두 손 비손하시어
무릎 아래 끓어 앉힌 칼바람

오롯이
짙게 드리운 새벽안개 보듬고
철 담장 너머로
무언의 침묵을 던지는 여인

아직 어둠도 어두워
머뭇거리는 비밀한 새벽
다가오는 시간

두려워 애타는 절규

하소연 한가슴 애절한 숨결

암자의 새벽 목탁소리

뻐꾹새 소리 채록하는 노시인

아! 귀향의 여로에서
잠시 안개구름도 쉬여가는
산 끝자락에 앉아 있노라니

아침이슬 같은 영롱함으로
뒷산 뻐꾹새는 뻐꾹 뻐꾹 거리며
나뭇가지 사이로 향리의 노시인을 알아보는 듯

그 소리 뻐꾸기 소리
나 차마 기다리지 않았건만
초목이 도란대는 소리와
하모니를 이루어 내 영혼도 끄덕끄덕

순간 내 생에 한점 남은 시간을 낚아
자연이 준 너의 뻐꾹뻐꾹 소리를 채록하는
노시인의 수첩에는
또 한편의 詩로 영글고

침묵의 애절한 모정이

자식의 소망만 담을 수 있다면

이대로 이 자리에 고송이 되어

회멸灰滅된다 해도 두렵지 않습니다

이는 한국 여인의 뿌리 깊은 표사유피豹死留皮의 사랑이옵니다

오! 신이시여! 어디 계시옵니까

흑인 사회에 던지는 오바마의 첫 메시지

고맙다
본인을 대통령 자리에 올려놓았는데
1등 공신인 커뮤니티에게 던진
첫 메시지였다.

허지만 책임감을 가져라
그리고 실수하지 마라
흑인에 대한 차별의 고통은 지울 수 없다.

유색인종의 지위 향상을 위해
부모는 후세의 아이들을 위해
집안에서는 게임BOX를 치워라 그리고
아이들의 취침시간을 관리하며 책을 읽어주고
숙제를 도아 주는 일을 게을리 하지 마라

교육은 불평등에 맞서는 강력한 무기이며
기회를 찾는데 가장 좋은 길임을 명심하라
아이들에게는 큰 뜻을 품게 하라

과학자 저술자 의사 교수 대법관
대통령이 되겠다는 열망을 갖도록 하라

빈민가에 사는 흑인이라고 해서
노예였다고 해서 그것이
수업을 빼먹는 이유가 될 수 없다
아무도 너희들의 운명을 어디에도 써놓지 않았다
오로지 너의 가슴과 너의 두 손 안에
너의 운명이 있음을 이 시인도 당부한다

산신제 1

오늘은 2009년 4월 26일.

기축년을 맞이하여 뒤늦게나마 신령스럽기 그지없는 수락산에 올라 청결한 마음으로 옷깃을 여미고 정성과 지성을 다해 제물을 차려놓고 산신께 고하나이다.

오늘 우리가 제를 올리는 수락산은 북쪽으로부터 백두산을 모체로 하여 금강산, 설악산, 소백산으로 그 맥을 이어 서쪽 지리산까지 1,400km의 백두대간 등줄기에 자리한 아담한 산봉우리로 태곳적부터 계곡 따라 흐르는 물이 곳곳에 폭포수로 떨어지고, 그 물소리가 청아하여 더없이 그윽한 풍경을 이뤄 이곳을 찾는 등산객은 물론 시인인 나 또한 감탄하게 하였다. 특히 지난 주말 이곳 수락산을 찾은 대전에 거주하는 김배히 화가는 수락산의 풍경은 화폭에 담을 수는 있으나, 어깨 넘어 스쳐오는 특유의 미풍과 산내음은 도저히 붓끝으로는 표현해 낼 수 없다면서 이는 시인의 펜 끝으로 시인의 마음을 얹어 그려낼 수 있는 또 하나의 풍경이라며 호탕한 웃음을 뿜어내니, 동행했던 이창수 교수 역시 내 어깨를 둔탁하게 치면서, 산은 어찌하여 높낮이가 같지 아니하며 봉우리는 뾰족하여 구름 속에 묻혀 있는가! 산골짝의 물은 위에서 아래로 태고의 원시성 그대로 흐르며, 산모퉁이를 휘감고 스쳐오는 산바람은 왜 볼을

간질이나! 이런 내면의 심오함을 시인의 감각으로 고뇌하며 산사의 풍경을 온몸으로 토해내는 표현력은 시인의 몫이라며 학자다운 감각으로 읊어대니 그 표현 역시 한 편의 시로세.

역시 지성인들의 감각은 이 시인의 수준에 맞게 예사롭지 않음을 느꼈음이라. 이렇듯 서울의 명산인 수락산에 올라 오늘 이 제단 앞에 모인 (강영규, 정동곤, 정길훈, 노영래, 이태수, 김진환, 이종덕, 정동신, 안갑원, 김준배, 이석우 회장 등) 우리 산악인들의 간절한 염원을 갸륵하다 여기시어, 당신의 포근한 가슴을 향해 청결한 마음으로 산행할 수 있도록 보살펴 주시기를 기원하는 바입니다. 오늘 우리가 산신께 제를 올림은 철없는 행동이 아니요, 주절대는 헛소리 또한 아닙니다. 오직 일상의 삶 속에서 고뇌와 번뇌 그리고 허전함을 불살라 버리고 산신께 의지하기 위한 욕심에서입니다.

이렇게 산신께 제를 올림으로써 가슴이 후련하여 몸과 마음은 열정으로 불타올라 용트림할 수 있는 기회가 올 수 있다고 믿기 때문입니다. 바다도 도전해 보았고 곳곳을 여행도 해 보았지만 산에 오르는 인간의 의지는 아무리 찬양해도 부족함이 없다 할 것인즉, 당신의 가슴은 언제나 포근하고 인자하기 때문입니다. 그리하여 여기 모인 동문 산악인들은 한결같이 청순한 몸과 마음을 합하여 산신께 제를 올리는 것입니다.

비록 차림은 변변치 못하오나 정성을 다하였음을 기특하다 여기시어,
산신께서 천신과 지신을 모시어 함께 흠향하시옵소서.

　아울러 산신께 시 한수를 낭독하렵니다.

수락산에 들며

유난히 물이 많아
흐르는 물 폭포수 되어
청아한 물소리 산자락을 적시니
물水 떨어질落 수락산이라 이름하였네

폭포수의 하얀 물보라를 보라
이는 수락산의 신비며
그윽한 계곡의 풍경이 아니더냐

폭포수 되어 떨어지는 저 물줄기는
견디어온 세월의 무게에 짓눌린
산아의 핏줄이기에 우리의 생명수가 아니더냐

해발 637.7m의 아담한 키
단정하면서도 엄숙한 해맑음으로
비록 높지는 않으나 조용한 풍채로
선경을 담보하고 있는 명산이기에
지금 산중 적막이 가득함이라

수락산의 그윽한 풍경을 오늘 우리는 만끽함이라

억겁의 세월 속에

찢기고 할퀴며 밟히면서도

진달래 철쭉 숨어숨어 피는 4월

깊게 뿌리 내린 나무 햇살 담아

솔잎 내음 숲 속의 빈터 자리한 바위

낙엽 썩어 비릿한 땅 내음

수목 검푸르고 야생화의 그윽한 향 가슴 적시나니

저 창공 드높이 힘차라 힘차게

날갯짓 하는 산비둘기 산까치

날갯짓을 멈춘

작은 산새소리 복 들으며

오늘 수락의 맑은 물로 몸 청결히 하고

이 자리에 자리하고

산신께 제를 올리며 기원하나니

속세에서 지혜롭지 못했던 마음

저 푸르디푸른 청솔가지 꺾어 털어내고

음흉하고 더렵혀졌던 몸과 마음

수락의 맑은 물로 씻겨내며

해맑은 햇살로 청결히 소독할지어다

산신제 2

경인년 오늘은 2010년 4월 24일.

신년을 맞이하여 우리 산악인들은 산신께 제를 올리고자 2009년 4월 26일에 이어 오늘 또 수락산을 찾아 청결한 몸과 마음으로 정성과 지성을 다해 제물을 차려놓고 산신께 고하나이다.

수락산은 풍경 그대로 가냘프고 여성적인 섬세한 정기를 듬뿍 지녔으며 숲 속의 터널에는 철쭉의 장관을 만끽할 수 있으며 하늘을 꿰뚫을 듯한 울창한 숲 사이로 이름모를 산새들이 울어대는 한낮의 정경이 그대로 신비경입니다.

내뿜는 맑은 공기는 산객들의 고통과 슬픔을 싹쓸이 해 가며 수목으로부터 내품는 수액의 짙은 향기는 천리향의 향만큼이나 넓게 퍼져 산객들의 코를 간지럽힙니다.

이처럼 풍광이 수려하고 매혹적인 수락산을 찾아 대천중학교 4회, 대천고등학교 7회 동문(노영래, 이석우, 이태수, 염영선, 정동신, 김준배, 김진환, 강영규, 신광철, 안갑원, 이종영, 정동곤, 한철상, 김배희, 이찬규, 이창수, 이종덕) 산악인들은 재단에 향불 피우고 겸손 청결 순결한 몸과 마음으로 산신께 제를 올립니다.

산신이시여! 바라옵건데 지난 한해처럼 해맑은 영혼으로 온 국민이 행복하게 살아갈 수 있도록 기원하며 특히 우리 대천 동문들의 가정 가정마다에 넘치는 기쁨 주시기를 기원하면서 차림은 변변치 못하오나 천신과 지신을 초청하오니.

일체 흠향 하시옵소서.

2010년 4월 24일

수락산에서 대천중·고등학교 4·7 산악동문회 일동

젊음보다 더 싱그러운 수락산

젊음보다 더 푸른 숲

저 능선

시리도록 맑은 계곡물

피어오르는 물안개

순결한 입김 수락산이어라

아침이슬 머금은 양심으로

하늘을 우러러 대화를 나누고

산자락에 쏟아지는 햇살

잎맥에서 흘러나오는

윤기 나는 채취 호흡하면서

대지와 더불어 의지를 합함이어라

산신과 천신 그리고 지신의

신령스러운 후광을 업고

수락의 날개 위에서

하늘을 우러러

향불 피워 제를 올리는

우리 대천중고등학교 4·7회 동문들의

가슴 가슴에

쓸모없는 생각은

불태워 빛나게 하고

하늘을 날아오르는

불사조의 양심으로

가정 가정마다에 빛기둥이 되게 하여 주소서

산신제 3

오늘은 신묘년 2011년 3월 26일.

서울의 명산인 관악산은 해발 629.1m의 험준한 바위산으로 백두대간의 줄기로 이어와, 가까이는 달기봉 광교산맥 따라 서울의 젖줄인 한강 남쪽에 이르러 뾰족이 솟아 오른 최고봉이 연주봉(연주대)인데, 오늘 우리 대천중고 등학교 4·7 산악회동문(안갑원, 김준배, 이태수, 노영례, 김진환, 염영선, 정길훈, 정동곤, 정동신 이종덕, 이석우)은 청결한 몸과 초연한 마음으로 산신제를 올리려 관악산에 들었습니다.

오늘 동문 산악인들은 서울에 명산인 관악산에 들어 여기 관악산의 심장을 밝고 서서, 발 아래 나무 한 그루 풀 한 포기로부터 여울을 쥐고 숨쉬는 저 싯계곡 바위능선을 바라보며, 지성과 야성의 오솔길에서 숙연한 생각에 잠시 고개를 떨구며 민족의 수난인 4·19, 5·16, 12·12 사태의 물리적 힘의 논리도 말없이 체험한 의연한 관악산의 품에 안겨 허공 향해 저 높고 푸른 하늘만을 응시할 뿐인데…….

저기 저 저렇게 이름모를 산새들만이 우짖는 고요 속 산봉우리에서 더 높은 천공을 우러러 파란 하늘을 빨아 내뿜은 맑디맑은 마음으로, 두 손 높이 들어 마음껏 야호를 외쳐보며, 자연 그대로 태고적 모습을 지닌 관악산에서 호연지기를 느끼며, 산의 정기에 도취되는 이 순간은 넘치는 행복이라 할 것입니다.

따라서 관악산의 신령스러운 산신령과 일심동체가 되는 이 시간은 천금과도 바꿀 수 없는 값진 순간이라 말하지 않을 수 없습니다. 오늘 이같이 청명한 하늘 아래 나무와 숲과 바위 등산객들로 숲을 이룬 관악산에 올라 천공을 바라보는 이 맑디맑은 마음과 정성으로 여기 신기원의 지성을 모두어 대한민국의 수도 서울의 명산인 관악산 정상에 올라 천신과 지신을 모신 가운데 산신께 제를 올리는 바입니다.

비록 차림은 변변치 못하오나 우리 산악인들의 마음과 마음으로 여울져 흐르는 꽉 차오를 기분으로 정성을 다하였음을 기특하다 여기시어 산신께옵서 마음껏 흠향 하시옵소서.

2011년 3월 26일

관악산에서 대천중·고등학교 4·7 동문산악회 일동

오월의 장미

내 안에
너 있어
사랑했다

어느덧
성숙한 너는
담장 밖으로
고개 내밀어
환한 미소 띄우며

길손 중에
님을 찾는
너의 모습
나는 본다

어이하리.
이네
내 가슴으로

힘주어 끌어안았던

두 팔에
힘을 풀어
내 너를 놓으리라

할비의 바램

사랑하는 손녀딸들아
주어진 공간에서 때론
흐느끼며 울음을 터뜨리지만
그것은 작은 천성의 욕심일 뿐

어쩌면 그것은 너희들에게
어울리는 존재의 의미이리라

아! 아름다운 병아리들아
가녀린 들꽃의 향기여라
작은 바람에도 흔들리는 풀잎처럼
아빠 엄마는 너희들에게 다 줄 수는 없다

너희들이 감당할 수 있는 무게와 부피만큼
조금씩 조금씩 얹어 주어
너의 생명에 사랑을 품으며
고마워 감사할 줄 알게
작은 것에서부터 만족을 일깨워 주기 위함이다

욕심과 질투, 허영과 허세, 그리고 자만심 등
버려야 할 것들을 미리 소유하지 마라
그것들이 머물렀던 자리는 후일 버린다 해도
버린 흔적은 흔적으로 남아 있을 테니까

천사는 아름다운 것이라 배우지 않았느냐
세상 사람을 모두 천사로 볼 줄 알아라
너희들에게 어울리는 지금의 그 생각으로
모든 것을 사랑할 줄 알아라
용서와 관용 그리고 봉사는
삶의 철학으로 삼아도 부족함이 없는 거다

물론 너희들이 그러하리라 믿지만

오월

오월은

대지의 경계가 무용해지는

가녀린 나뭇잎들의 숨소리를

신록의 음향으로 연주한다

긴 겨울동안의 침묵이

농축된

울분을 토해내며

폭설로 맨살 아팠던 추억을

회상의 무덤 속에 덮고

제 살 터뜨려

연한 초록의 싱그러움으로

푸르디푸르게 더 짙은 푸르름으로

그래서 오월은 계절의 여왕인가 보다

탈출

나는 조국을 모르며
부모가 누구인지도 모른다
더욱 답답한 것은
내 이름이 없다는 것이다

나는 어젯밤
엄마의 자궁을
탈출했을 뿐이다

그녀는 바로 내 아내여!

초겨울 구름 한 점 없는
별들만
초롱한 밤하늘처럼
맑고 청아하며 싱그러운 그녀

높고 넓은 대지의 가슴으로
자신의 몸을 불살라 빛 밝히는
등불처럼

조상과
본인의 업보는
등짐으로 가득 지고
삶의 배고픔을
묻어 버리려 길 찾아 간다.

핀 꽃의 향내음이 아니라
피어나기 위해
밑거름으로 줄기로 잎맥으로 꽃망울로

무겁고 어둡게 드리워진

가난과는 기어이 이별하려

등불로 불 밝혀 꽃길 터놓으리라

해맑은 눈동자의 깊이로 보며

마음의 넓이로 지혜로 인내하며

백 년의 가난이 천근의 무게로 주렁주렁 매달려 있던 삶

그 살림 넘치게 풍요로이 일구어 놓았으니

그녀의 노고에 깊이 머리 숙여 감사드립니다

내 아내여!

애비

힘겨우리라
저 고립무원 첩첩산중 폭염에 묻힌 화전민은
속살까지 까맣게 탔을 게다
비탈진 산자락에 쟁기로 산전을 이루며
연신 이마에 흐르는 땀을 닦는다

땅 배때기에 허리 굽혀 머리 조아리고
두 손바닥 벌려 기도하듯 헤저으며
화전 일구어 곡식을 가꾸는 늙은 노인네여
뿌린 만큼 거두려는 소망뿐이리라

자식들은 도시로 떠난 지 꽤 오래이려니
이 산골짝 애비의 저 꼴 가엾어서가 아니라
네 꼴이 애비 꼴이 되는 것이 싫어서일 게다

산 중에 하루해는 반나절
할범 내려오길 기다리는 할매는
굽은 허리로 기침소리 연신이다

삭정이 주어다 밥 짓고 굴뚝에 연기 피우느라

고개 들어 하늘 바라본 지 한나절
일밖에 할 일 없는 일상의 삶이여

의미 없는 침묵

나에게도
젊음은 있었습니다

그대는 어떠하셨나요

지금은 그 나머지 젊음마저도 털어버리고
땅 끝 전망대 위에
날개짓을 멈추었습니다
여기에서도 오래 머물 수 없는
내일의 흔적이구요

낮음으로 낮게 계절에 밀려
숨길 놓지 않고 밀려온 길이
삶과 죽음
갈등의 경계선에
멈춘 훗날의 영혼입니다
농촌 빈 집의 TV안테나처럼

늙은 시인만큼이나
늙어 버린 마누라와 함께
흐르는 시간에 내 맡겨진 채
꿈을 잃지 않고 침묵으로 침묵 중

허무한 진실

등교하는 손주 새끼
굽은 허리 벌떡 세워
늙은 시인은 인사한다
차 조심하고 잘 다녀오라고

옛날에는
할아버지 학교에 다녀오겠습니다
하였다는데
그게 사실이었나요
그런 세월도 있었다구요

시인은 늙어도
향기와 품격이 있다는데

내 옷은 내가 빨아야 하고
아침 밥상만이라도 챙겨주는 걸
고맙다 하란다
마누라 말씀

그 말씀이 진정이신가요
내가 너무 멀리 따라왔군요
정수리로 혈압 솟구쳐
백두산 폭발 직전이고
어금니 앙다물어 보지만
다 빠져버린 이
잇몸만 뿌드드득 아프다

축제 2009, 130.3×130.3cm Oil on Canvas

해설

근원으로 돌아가는 시인

강정구
(시인, 문학평론가, 경희대 학술연구교수)

　시인 이종덕은 이번 시집에서 존재의 근원으로 돌아가려는 실존주의적인 경향을 보여준다는 점에서 주목된다. 오랜 세월을 견디고 살아온 그의 삶이 지닌 성숙과 미덕을 잘 드러낸 이번 시집은, 존재의 근원이라는 형이상학적인 문제를 진지하고 심도 있게 파헤치고 있다. 그의 시에는 자신과 대면하여 자기 존재를 탐구하려는 실존적인 고투의 흔적이 깊게 배어있는 것이다. 이러한 그의 시적 고투는 그가 인생의 황혼기에 스스로를 불태우는 고도의 정신을 간직하고 있음을 느끼게 해준다.

　그의 시가 무엇보다 주목하는 것은 세계의 생동감이다. 그는 우리가 경험할 수 있는 세계, 특히 그가 도시보다는 교외의 풍경을 소재로 취하는 경우가 많은데, 이 교외의 풍경은 일종의 사물이 아니라, 마치 살아 있는 듯한 생동감을 지닌 것으로 형상화된다. 이 교외의 풍경 혹은

자연은 있는 그대로의 숨결을 내쉬는 듯하고, 살아 있는 생명의 신비를
간직하고 있는 듯하다.

보아라
세월의 불볕에 황금빛 되어
바라보는 이의 눈맛을 감흥케하는
노오란 은행으로 잎으로

신새벽
은하물에 씻은 듯 온동리에
아침 햇살 받은 저 대자연의 풍경은
가을 하늘만이 끌고내려온 신의 축제다

―시「은행골 장현리의 추경」부분

알몸으로
대자연의 풍경을 담아
떨어지는 빗방울

―시「소낙비」부분

두 편의 시에서 시인은 살아있는 듯한 생동감 있는 풍경을 열어놓고
자 한다. 앞의 시에서는 은행골 장현리의 추경을, 그리고 뒤의 시에서
는 소낙비를 소재로 하고 있다. 이 때 주목되는 것은 시인이 교외의 풍

경, 즉 자연을 평범한 인간의 주변이나 사물이 아닌 마치 생명의 숨결이 불어넣어진 것처럼 서술한다는 점이다. 앞의 시에서 "은하물에 씻은 듯 온동리에/아침 햇살 받은 저 대자연의 풍경"은 "가을 하늘만이 끌고 내려온 신의 축제"로, 뒤의 시에서 소낙비는 "대자연의 풍경을 담아/떨어지는" 것으로 묘사된다.

　이러한 그의 시적 모색은 자연에서 어떤 원초성, 순수성, 혹은 근원을 바라보고자 하는 태도를 은연중에 보여준다. 그는 자연 앞에서 그 자연의 이면을 바라보고자 하는, 일종의 형이상학적인 태도를 지니는 것이다. 여기에서 형이상학적인 태도란 물리(형이하학)의 세계 그 이면을 바라보고 사색하며 의미화하는 정신적인 모색을 뜻한다.

　　저 깊어 그윽하고
　　숨이 멎을 듯한
　　신의 초월성을 넘어
　　영원 뒤에까지도 존재할
　　수평 위의 밝은 미소

─시「갠지스강의 아침」부분

　　자정 넘어 새벽 2시
　　어둠을 밝히는
　　하얀 수은등 위로
　　쉼없이 날리는
　　마지막 염원의 하얀 눈꽃 가르는

천상의 요정들의 축제입니다

―시 「새벽 2시에 내리는 눈」 부분

위의 시편은 시인이 자연의 이면에 있는 형이상학적인 세계를 바라보고 있음을 잘 드러낸다. 시인은 앞의 시에서 갠지스강의 아침에서 그 이면을 바라보는 눈을 지닌다. "저 깊어 그윽하고/숨이 멎을 듯한/신의 초월성을 넘어/영원 뒤에까지도" 투시하고 있는 것이다. 뒤의 시에서도 눈이 내리는 풍경에서 "마지막 염원의 하얀 눈꽃 가르는/천상의 요정들"을 엿보고 있는 것이다. 이러한 그의 시적 태도는 보들레르Charles-Pierre Baudelaire가 말한 상징을 떠올리게 한다. 시인이 주목하는 대상(세계·자연)은 그 이면에 인간이 쉽게 탐구할 수 없는 신적 질서와 그 세계의 의미를 지니고 있는 것이다. 그래서 시인은 천상의 왕자요 지상의 바보가 된다.

이종덕 시인이 이러한 상징의 시세계를 구사하고 있음은, 역설적으로 그의 시편이 우리 사회가 보이는 허식과 허위와 같은 것과는 멀찍이 떨어져 있음을 의미한다. 그는 자연의 생동감과 경이를 보여줌으로써 우리 사회가 얼마나 이러한 가치를 멀리하고 있는가 하는 것을 암시하고 있기 때문이다. 이 점에서 그의 시적 성찰은 우리 세인에게 향하고 있다. 이 부분에서 자연의 이면을 드러내는 시인의 성찰은 역설paradox로 표현된다.

걸어서는 길이 없어 닿을 수 없는 곳이

110

무덤입니다

안녕 새로운 존재의 흔적이여
무덤입니다

—시「상여는 간다」부분

아! 또 한 세월 잃어가는 세월이여!
세월 따라 그 뒷길로
쉼없이 찾아오는 나의 늙음이여

—시「목련꽃」부분

그녀 옆에
멈춤을 멈추지 말아라
풍성한 섬모 속
그 깊은 미로에는
시인을 유혹하려는
상상의 쾌감이
유영하는 곳

입구가 아닌
출구에서
머리 터지게 고뇌하지 마라

—시「그곳은 입구가 아닌 출구다」부분

허전한 가슴의 틈새와 틈새를 스스로 채우며
그리고 다스리며 후일 영혼만이라도 꽃보라 길 위에
찬란한 햇살 받으며 굴절된 생의 지친 몸을 내 스스로의
성찰의 공간에서 지나온 일상을 조망하며 참되게 사는
것이 무엇인가를 아니 남은 생을 어떻게 살아야 하는지를
혹독하게 냉철히 파헤쳐 보고픈 순간이기도 합니다

　　　　　　　　　─시「흐르는 세월의 아픔이여!」부분

지금은 하늘만 같이 하고 있을 뿐

초판 1쇄 인쇄일 　ㅣ 2012년 10월 26일
초판 1쇄 발행일 　ㅣ 2012년 10월 27일

지은이 　ㅣ 이종덕
펴낸이 　ㅣ 정구형
출판이사 　ㅣ 김성달
편집이사 　ㅣ 박지연
책임편집 　ㅣ 이하나
편집 / 디자인 　ㅣ 정유진 이원숙
마케팅 　ㅣ 정찬용
영업관리 　ㅣ 한미애 권준기 천수정 심소영
인쇄처 　ㅣ 미래프린팅
펴낸곳 　ㅣ **새미**
　　　　등록일 2005 03 14 제25100-2009-8호
　　　　서울시 강동구 성내동 447-11 현영빌딩 2층
　　　　Tel 442-4623 Fax 442-4625
　　　　www.kookhak.co.kr
　　　　kookhak2001@hanmail.net

ISBN 　ㅣ 978-89-5628-604-4 *03800
가격 　ㅣ 12,000원